AF383922

SATIRE
NOUVELLE
CONTRE
LES FEMMES,
IMITÉE DE JUVENAL.

Du Sieur D. L * * * * *

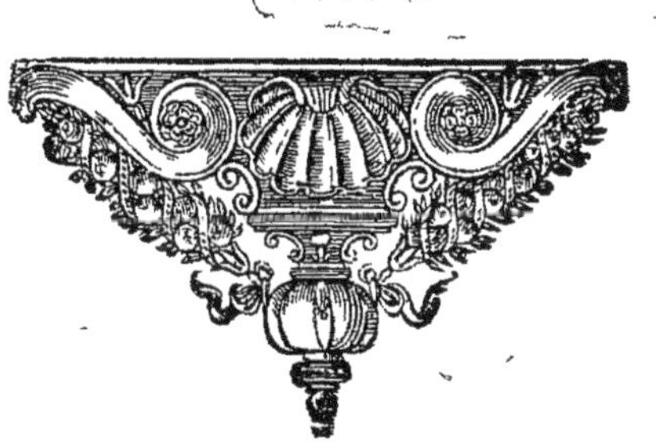

A PARIS,

Chez CHARLES OSMONT, dans la Grand' Salle du Palais,
à l'Ecu de France.

M. DC. XCVIII.

AVEC PRIVILEGE DU ROY.

AU LECTEUR.

'AY trop bonne opinion des DAMES, pour soupçonner qu'elles n'entendront point raillerie sur les injures que Juvenal a dites aux Femmes de son siécle. Celles du nôtre sur qui la Censure pourroit porter coup, verront du moins avec quelque sorte de consolation, qu'elles ne sont point originales dans les vices qu'on leur reproche ; & que leurs défauts sont les défauts de tous les siécles. A l'égard des Femmes de qui la conduite ôte toute prise à la Satire, vraisemblablement elles ne prendront point parti dans une querelle qui ne les regarde point, au contraire elles joüiront du plaisir secret de voir celles qui font la honte de leur Sexe, exposées au Ridicule qui suit necessairement le vice.

Il faut pourtant convenir à l'avantage de nos plus fameuses Coquettes, qu'elles n'approchent pas des emportemens de certaines Ecervelées que Juvenal a placées dans sa Satire ; cela est si vrai, que j'ai été obligé de supprimer quantité d'excés, dont les exemples me manquoient dans ce siécle-cy ; non que je pretende insinuer par là, que tous ceux que j'ai conservez s'y rencontrent, mais ils peuvent s'y rencontrer, il n'y a point de plus ſeure prédiction que celle des ſottiſes : on trouve toûjours des perſonnes charitables qui mettent l'honneur des Prophetes à couvert.

Mais une choſe qui fait extrémement d'honneur aux Femmes d'aujourd'huy , & qui prouve qu'elles n'ont point herité de la corruption des ſiécles paſſez, c'eſt l'exacte bienſéance qui regne à preſent dans tous les Ouvrages d'eſprit, où l'on veut que le beau Sexe prenne interêt ; il n'eſt donc pas étonnant que j'aye évité de rendre Juvenal dans toute ſon acreté, perſuadé, au point que je le ſuis, que les DAMES s'offenſent moins des choſes qui les attaquent directement : que de celles qui attaquent la Pudeur ; auſſi n'ai-je hazardé qu'en tremblant, le Portrait de Meſſaline, quoique j'y aye attaché un caractere d'indignation, qui ſauve en quelque façon la trop grande vivacité de mes couleurs : il eſt bon même quelquefois d'expoſer le vice dans toute ſa difformité, pour en dégoûter les perſonnes qui pourroient s'en faire une idée moins effraiante.

Au reſte, la plus grande de mes hardieſſes n'eſt peutétre pas celle d'avoir écrit contre les DAMES , mais d'avoir oſé l'entreprendre aprés un Auteur auſſi celebre que Monſieur DESPREAUX. Ainſi n'étant déja que trop temeraire par cette ſeule entrepriſe, je prie le Lecteur de ne pas étendre ma temerité plus loin, en faiſant des applications malignes de mes Portraits, qui ſont proprement l'Ouvrage de Juvenal, que je n'ai fait qu'ajuſter ſelon nos manieres ; en effet, ſi-tôt que les choſes peuvent convenir à mille gens, pourquoy reſtraindre la Critique à un Objet plûtôt qu'à un autre ? Les Peintures ſatiriques ſont comme des fuſées volantes, elui qui conduit l'Artifice, n'a jamais deſſein de bleſſer perſonne, cependant la baguette retombe preſque toûjours ſur quelqu'un.

SATIRE III.

SATIRE III.

CONTRE
LES FEMMES.

IMITÉE DE JUVENAL.

JE ne m'étonne pas que le Sexe trom-
    peur
N'eust point encor perdu le goust de la
    Pudeur,
Dans les Siécles Premiers où la Femme
    incertaine
N'alloit pas retomber de Gautier chez Davéne.
Quand le Sexe trouvoit ses plus riches atours
Dans la peau d'un Lion ou dans celle d'un Ours,

D

SATIRE III.

Vous n'étiez point encor les Modes dominantes,
Fontanges, Falbala, Sultanes, Innocentes;
Et ce nom d'Innocente aujourd'huy sans credit,
Convenoit à la Femme, & non pas à l'Habit.
*Dans ces temps fortunés le Glouton L****
Se seroit contenté du plus mince ordinaire;
Une racine cruë avec quelques cerneaux,
Tenoit lieu de nôtre Oille & de nos Fricandeaux,
Et l'on n'assommoit point avec du Pitrepitte
*Un estomac pliant sous le Nectar de Fitte.**
Temps heureux ! où l'Epoux échapé du travail,
Croioit dans sa Moitié trouver tout un Serrail,
Et d'une rocambole armant ses embrassades,
Recevoit des baisers aussi purs que maussades.
O le siecle crasseux ! diroit le beau Licas,
Les Bourgeois Primitifs étoient de plaisants Fats,
Quoy, de ces bonnes gens ai-je bien pû descendre !
Où sont ces Impolis ? je voudrois leur apprendre
Comme on donne l'entorce à l'honneur conjugal,
J'ai mis sur le bon pié plus d'un Mari brutal;
Je sçais apprivoiser Maîtresses & Soubrettes,
Et j'ai mon Franc-baiser chez toutes les Coquettes.
Bon ! Long-temps avant toi plus d'un Blondin suspect,
Pour le lit nuptial sçut perdre le respect ;
Apprens, jeune étourdi, que dés le Second Age,
Maint Galant vint frauder les droits du Mariage,
Mais que cet Art fameux de tromper les Maris,
Doit sa perfection, aux Femmes de Paris.

SATIRE III.

Malgré tout ce qu'on risque en prenant une Femme,
Peux-tu bien, cher Daphnis, briguer l'Epitalame?
Te voilà, cependant à deux doigts de l'hymen,
Quoy, déja de tes mœurs on a fait l'examen!
Et cent sortes d'Achats que l'usage autorise,
Font éclater déja ta prochaine sottise,
Déja l'on a mandé grand & petit cousin,
Enfin tu vas signer le fatal parchemin,
Et moi je n'irois pas, transporté de furie,
Sur l'heure aux Mathurins paier ta Confrairie!
Tu peux d'un joug bizarre être si fort épris,
Quand la corde à présent se donne à si bon prix,
Sur tout quand du Pont-neuf l'officieux rivage
T'offre un azile seur contre le Mariage:
Mais si de te noyer tu n'es pas fort tenté,
N'est-il point hors l'Hymen d'amusante Beauté?
L'Opera n'a-t'il plus d'avenantes Bergeres
Propres à moderer tes ardeurs passageres?
Car enfin l'Opera peut passer en ce jour
Pour le Noviciat de la Mere d'Amour,
Mais un abus pareil, à bon droit, t'effarouche:
Tu veux en plein Hymen, cher Daphnis, faire souche?
Adieu donc tous ces vins de Pic & d'Alican
Que maint Collateral t'offroit au jour de l'an,
Adieu ces revenus de Thé, de Chocolate:
Qui voudra désormais semer en terre ingrate?
En vain, nous diras-tu, l'Epouse que je prens
Me tiendra lieu d'amis, de présens, de parens,

SATIRE III.

C'eſt une bonne enfant nourrie à la campagne,
Qu'en ſes moindres propos l'Innocence accompagne.
Nous ſommes dans un temps terriblement ſcabreux,
Où les Lucreces vont rarement deux à deux ;
Je veux que ton Epouſe encor ſimple & ſauvage
N'ait abjuré les bois que pour le Mariage :
Mais qui t'aſſurera que dans ces mêmes bois
Quelque Dieu Chevrepied , quelque pieux Matois
A cette franche Agnés trouvée à ſa rencontre,
Sur les plaiſirs d'Hymen n'ait point fait quelque montre?
Et d'ailleurs penſes-tu, Daphnis, qu'un jeune Cœur
Puiſſe à Paris long-temps conſerver ſa candeur ?
Que de pieges preſſans, que d'amorces puiſſantes
Pour y dépaïſer les Ames innocentes !
Combien de fois Rodrigue à l'aide de Baron,
A-t'il , à ſe ſentir, forcé plus d'un Tendron ?
Et combien de Balon la gracieuſe danſe
Met-elle tous les jours d'honneurs hors de cadence?
La femme eſt une méche aiſée à s'allumer ;
Un Acteur dont l'air ſeul ſuffiroit pour charmer,
De tendres ſentimens renforçant ſa manœuvre ,
De brute qu'elle étoit, met la Nature en œuvre :
Mais ces Natures là ſont un rare morceau,
Le beau Sexe aujourd'hui voit clair dés le berceau,
Tout pouſſe avant le temps chez ce Sexe ſi tendre,
Et la ſeule Vertu s'y fait long-temps attendre.
Le moyen qu'au retour d'un ſpectacle charmant
Où tout, grace à l'Acteur, ſe tourne en ſentiment,

SATIRE III.

Une Femme qui n'a que Baron dans l'idée,
Des charmes d'un Epoux puisse être possedée,
Auprés d'un Floridor, auprés d'un Mondori,
Le Mari le plus beau sent toûjours le Mari.
Ce nom porte avec soy quelque chose de fade,
Quel rapport d'un Epoux avec Alcibiade !
Quel rapport d'un Epoux avec un Andronic !
Par Eux plus d'un Mari s'est vû pic & repic,
Et Baron leur prêtant une grace nouvelle,
Les a fait triompher jusques dans la ruelle.
Faut-il donc s'étonner, si tant d'écharpes d'or
De cet Acteur naissant grossissoient le tresor,
Et si, pour reparer des trois Dez l'injustice,
Phryné de ses bijoux luy fit un sacrifice !
Donne, donne à ta Femme & Collier & Coulant,
Pour aider à paier les faveurs d'un Galant,
Et pour faire admirer dans ta future engeance,
Du Basque ou de Pecourt la vive ressemblance.
Tel est, mon cher Daphnis, tel est le goust François :
L'honneur n'est même plus l'appanage Bourgeois,
Et trop heureux l'Epoux dont la Femme discrette
Daigne bien s'en tenir au métier de Coquette.
Aprés tout, siéroit-il, Daphnis, au Tiers état
De vouloir sur l'honneur faire le delicat,
Quand l'Ascendant malin du Mariage brave
Bourguemestre, Milord, Electeur & Landgrave ;
Mais, pour encourager nos modernes Vulcains,
Remontons de ce pas jusqu'aux plus fiers Romains.

S A T I R E   I I I.

<table>
<tr><td>L'Empereur
Claudius.</td><td>

Auffi-bien, à propos de conjugale fraude,
*La palme eft tout acquife à la femme de * Claude.*
Ce ftupide Empereur avoit une Moitié
Belle, jeune, fringante, & de bonne amitié,
Qui trompant chaque nuit la Garde Imperiale,
Quittoit à pas de loup la couche nuptiale
Pour aller en des lieux pleins de vilains hazars,
D'un pennache de cerf couronner les Cefars,
Et là comme un plaftron cette Defordonnée,
Soûtenoit tout l'effort d'une lice effrenée,
Mais fans rien relâcher de fes defirs brûlans,
Elle mettoit à bout les plus fiers affaillans :
Meffaline perdant tout fentiment de honte,
Se plaignoit des vapeurs encore au bout du compte,
Et jufqu'au lit facré la Brutale portoit
Le gouft, l'infame gouft des lieux qu'elle hantoit.
Mais, pourquoi fans raifon dans des rimes chagrines,
De toutes nos Moitiez faire des Meffalines ?
Qu'on demande plûtoft à ce jeune Seigneur,
Si fa Femme n'eft pas une Femme d'honneur.
Tout beau, défions-nous de fa reconnoiffance,
Ce Comte avant l'Himen étoit court de finance,
Mais Gendre depuis peu du Caiffier Agenor,
Le voilà tout d'un coup enchaffé dans de l'or ;
C'eft Luy qui maintenant chomme toutes les modes,
C'eft chez Lui que l'on voit les plus belles Pagodes,
C'eft Luy dont les jardins triomphent des hivers,
C'eft Lui qui mange enfin le premier des pois verds ;
</td></tr>
</table>

SATIRE III.

Ainsi, devant ces biens à celle qui l'engage,
La Dot de son épouse entraîne son suffrage.
Pourquoi voit-on encor ce riche Financier
Auprés de sa Moitié toûjours s'extasier ?
Si vous penetrez bien les replis de son ame,
C'est la seule Beauté qu'il aime, & non sa Femme.
Si pour elle il s'épuise en bijoux precieux,
C'est qu'il est pour un temps la Dupe de ses yeux ;
Pour preuve de cela, que deux ou trois grossesses
Alterent tant soit peu l'objet de ses caresses,
Monsieur le Financier bien-tost affermera
Quelque Divinité du crû de l'Opera,
Et jettant noblement l'argent par les fenêtres,
Paira seul les dégats faits par cent petits Maîtres ;
Mais tant que durera la fleur de son Printemps,
Sa Femme fixera ses desirs inconstans,
Et verra tous les jours de sa Couche dorée
Un essain de Commis, Enfans de la Livrée,
Qui, pour se faire admettre au plus prochain Traitté,
Viendront tous les matins lui preparer son Thé.
Ainsi donc, diras-tu : Monsieur le Satirique,
Vôtre raisonnement en termes clairs s'explique,
Et ne tend pas à moins qu'à vouloir traverser
Le joug que me voilà sur le point d'embrasser ;
Mais, malgré tous vos soins, rien ne m'en peut distraire,
Mon choix, de tous les choix, est le meilleur à faire,
Je trouve une Moitié, riche, pleine d'appas,
Et d'un sang qu'Artemon ne desavouëroit pas.

SATIRE III.

Fort bien, fort bien, Daphnis; tu choisis à merveille,
C'est un second Phenix qu'une Femme pareille,
J'aimerois, aprés tout, bien mieux pour mon repos,
La fille d'un Bourgeois que celle d'un Heros.
Loin de moy ces Moitiez, fieres de leurs naissances,
Qui toûjours chez autruy trouvent des dérogeances;
Et qui se prévalant de la race des Dieux,
N'abandonnent jamais le ton imperieux.
Qu'un mary s'émancipe à leur faire caresse,
On luy demande où sont ses titres de Noblesse,
On luy fait sur le rang d'importunes leçons,
On l'accable du poids de cinquante Ecussons;
Dans ses vapeurs d'orgüeil plus d'une Frenetique,
Croit voir dans son Mary son premier Domestique,
Et lors qu'aux gens de Cour elle donne un cadeau,
L'Epoux est obligé de manger au Serdeau;
Il faut même souvent à ces sortes de Belles,
Presenter son Placet pour coucher avec Elles.
Mais, de peur d'y manquer, faisons entrer ici,
Ces Folles qui toûjours ramagent Signor-si,
Qui de Veneroni font toute leur étude,
Et pour qui le François est un Langage rude,
Chez elle crainte, espoir, amour, haine, chagrin,
Tout est scellé du Sceau du Cavalier Marin,
D'un Laquais insolent faut-il blâmer l'audace ?
Elles lui disent rage en la Langue du Tasse,
Et c'est dans leur esprit s'ériger en Bourgeois,
Que d'oser cageoler sa Femme en bon François.

SATIRE III.

Paſſe encor, cher Daphnis, paſſe pour la Jeuneſſe,
D'aimer un Baragoin propice à la tendreſſe ;
Mais peut-on te ſouffrir, à toy Vieille Patin,
De begayer toûjours un Jargon enfantin.
Hé quoi ! des Florentins le doucereux Langage
Eſt-il fait pour ſervir à des gens de ton âge ?
Vainement toutefois ton viſage terni
Appelle à ſon ſecours le tendre Guarini ;
En vain te pares-tu d'une Langue étrangere,
Tu portes ſur ton front ton Extrait Baptiſtaire.

    Mais laiſſons au plûtoſt ce dégoûtant Objet,
Et venons à plein fonds traitter nôtre ſujet:
Ou ton but eſt d'aimer celle à qui tu te lies,
Ou pour te marier, Daphnis, tu te maries,
En ce cas, quel abus, de faire tant de frais !
Pour conclure un Hymen ſi contraire à la paix :
A quoy bon, pour heurter le gouſt des Philoſophes,
Te faire déplier chez Gautier tant d'étoffes !
Et quelle rage encor d'ordonner un Feſtin,
Où le tiers de la Dot eſt en proie à Bourſin !

    Autre inconvenient ; ſi la Foy Conjugale
T'attache à ta Moitié d'une ardeur ſans égale,
La Friponne abuſant de ta facilité,
Te dictera pour Loy ſa ſeule Volonté.
Fais ton compte, mon Cher, de ne voir pas une Ame,
Si tu n'as demandé l'agrément de ta Femme,
En vain dans ta maiſon tes plus zelez Amis
Par droit d'ancienneté pretendront eſtre admis,

E

SATIRE III.

Madame n'y trouvant rien qui la divertisse ,
Donnera galamment leur Portrait à son Suisse ,
Et toi-même, Daphnis, qui fais tant l'avisé ,
Tu pourras à la porte estre aussi refusé ;
Bien plus, si l'on te sçait un Valet trop fidelle ,
On trouvera moyen de luy chercher querelle :
Mais pourquoy, diras-tu , renvoyer ce Valet !
Dequoy vous plaignez-vous ? qu'a-t'il dit ? qu'a-t'il fait
Qui vous oblige enfin à le mettre à la porte ?
En un mot comme en cent , Monsieur , je veux qu'il sorte.
Que répondre , Daphnis, à ce ton resolu ,
Sinon , George Dandin , vous l'avez bien voulu ,
Il ne te manquera pour comble de misere ,
Que de loger chez toy de ta Moitié la Mere ,
A la moindre vapeur qui les offusquera ,
Chacune à communs frais sur toy s'acharnera , .
Et pour se rafraîchir d'une telle algarade ,
Ta Femme encore au bout feindra d'estre malade ,
Il faudra sur le champ appeller Lienard ,
Et bien-tost sur ses pas viendra Frere Frappart
Qui dira gravement que Madame est émuë ,
Qu'il faut que son Mari se dérobe à sa vûë ,
Défense à lui d'entrer dans son Appartement ,
Jusqu'à ce qu'Hipocrate en ordonne autrement.
Aprés cela , Dieu sçait , si la Maman habile
Laissera dans son Lit sa Poulette inutile !
Oüi, parmi tant de gens qui lui font les yeux doux ,
On sçaura bien trouver un supplément d'Epoux.

SATIRE III.

L'on peut se reposer sur les soins de la Mere,
De l'execution d'un si tendre Mistere,
Instruite de tout temps dans le galant Métier,
C'est elle qui planta l'Amour dans son Quartier,
Mais voyant ses attraits tomber en decadence,
Elle fait recevoir sa Fille en survivance.
  Toûjours dans l'Himenée il naît quelque débat,
La Femme à chaque instánt vous livre le combat,
Au moment qu'elle couve une amoureuse ligue,
Elle ose à son Mari supposer quelque intrigue;
Ses yeux n'attendent donc que le premier signal
Pour tirer de leur fonds la source d'un canal,
Et lâchant de ses pleurs l'Ecluse accoûtumée,
Elle entend à merveille à faire la Pâmée,
Un Mari pénétré de ses fausses douleurs,
Est souvent assez sot pour s'appliquer ces pleurs,
Mais s'il voioit le fond de cetté Ame traîtresse,
Il jugeroit bien-tôt du genre par l'espece.
Tout se découvre enfin, le fameux l'Eveillé,
Ce Laquais si bien pris & si bien découplé,
Par un Epoux sans ordre arrivé de campagne,
Est surpris aux genoux de sa chere Compagne,
Et comment la Moitié trouvée en cet état,
Sortira-t'elle enfin d'un pas si délicat !
Quoy, Madame, un Laquais ! un Laquais, hé bien, qu'est-ce?
N'ose-t'il demander pardon à sa Maîtresse?
Est-ce un crime, Monsieur, & si grand & si noir?
Pauvre Epoux, que l'on force à tout voir sans rien voir !

SATIRE III.

Caſſe, dans ta douleur, Glaces & Porcelaines,
Et répans dans Paris de ton Lit les fredaines,
Tu paſſeras encor pour Bourru, pour jaloux,
C'eſt ainſi que Madame intitule un Epoux,
Le comble des forfaits & de la perfidie,
Ne ſert encor qu'à rendre la Femme plus hardie.
 Mais d'où vient que le vice autrefois peu connu
Au dernier-periode en nos jours eſt venu,
C'eſt le fruit malheureux de la douce abondance,
Que les ſoins du Monarque ont ramenée en France :
Car enfin dans le temps que nos Peres groſſiers
A la frugalité ſe donnoient tous entiers,
Quand on ne ſçavoit point abſorber Cens & Rentes,
A force d'Entre-mets, & d'Aſſiettes volantes,
Quand tout petit Bourgeois, juſques au Procureur
Des Chars à cloux dorez n'avoit pas la fureur,
Et quand fendant les airs les coëffures des Belles,
N'alloient point faire aſſaut avec les Hirondelles,
Le Vice en Financier qui craint d'eſtre taxé,
N'oſoit pas s'élever, de peur d'eſtre abbaiſſé,
Mais bien-toſt la Molleſſe au Vice encor timide
Sçût arracher le mors, ſçût détacher la bride,
Et le Luxe à ſon tour infectant nos François,
Vangea le Rhin, la Meuſe aſſervis à nos loix.
C'eſt le Luxe qui fit la premiere Coquette,
Du Luxe ſont ſortis Lanſquenet & Baſſette,
De là maint bail d'Amour à l'Opera conclu,
De là tous les Excez qui ſe font chez Darlu.

Et quelle Femme peut se contenir à Table,
Au milieu des vapeurs d'une liqueur aimable,
Quand une fois sa teste est en proye à Bachus,
Dieu sçait si Cupidon prend bien-tost le dessus.
Quel plaisir de la voir soûtenir vingt razades,
Semer le Concassé, donner sur les Grillades,
Et rappeller enfin son palais égaré
Par un dernier assaut d'Eaux de l'Isle de Rhé.
Qu'en ces états charmans les Femmes sont jolies,
Combien n'en doit-on pas attendre de folies,
Telle a maint Cavalier, prend Perruque & Chapeau,
Dont la Juppe en répond sur l'heure au Damoiseau.

   Mais est-on plus heureux avec ces Dépensieres,
Qui pour Traire un Epoux, ont cent douces manieres,
Pour des Points de Maline à peine le coup part,
Qu'on recharge aussi-tost pour un nouveau Brocart,
A peine d'un Epoux ont-elles la parole,
Pour lever le Fichu, la Steinkerque ou l'Etole,
Qu'en moins d'un tour de main, cher Daphnis, les voilà
A lui redemander encor le Falbala,
Tantost Madame veut d'autres Tapisseries,
Et tantost il luy faut troquer ses Pierreries,
Pour abreger enfin un détail infini,
Elles épuiseroient d'Otel & Fagnani.
Ce ne sont pas toûjours les Femmes d'importance
A qui l'on voit porter le plus haut la dépense,
Aujourd'hui la Moitié d'un Commis de trois jours,
Arbore insolemment l'Hermine & le Velours,

SATIRE III.

Et Madame Raflon la Belle Procureuse,
Par ses airs fastueux aujourd'hui si fameuse,
Sur sa Juppe qui peut s'appeller un Lingot,
Aux yeux de tout Paris porte dix fois sa Dot.
L'Hôtel Raflon sans cesse en proie à des Altesses,
Rassemble des plaisirs de toutes les especes,
Ce ne sont que Concerts, qu'Illuminations,
Tournois de Jeu, d'Esprit, Bals, & Collations ;
Dans ces lieux de plaisir l'Epoux ne s'offrant gueres,
N'y passe tout au plus que pour l'homme d'affaires,
Et s'il ose pester contre tout ce fracas,
On l'appelle Bourgeois, Hapelourde, Esprit bas,
Il n'a du goust, *dit-on,* que pour la Paperasse,
Il ne sçauroit souffrir que la Cour le décrasse,
Mais, Madame, en un mot, vos Ducs, vos Cordons-bleus
Me vont à l'Hôpital traduire avec les Gueux.
Si vous sçaviez combien vôtre jeu vous décrie.....
Quoi, Monsieur, vous préchez ! hé, trois Points, je vous prie,
Aussi-bien je n'ai pû dormir toute la nuit,
Du Sermon conjugal voilà quel est le fruit,
    Hé que seroit-ce donc si donnant par mégarde
Dans les tendres panneaux de quelque Babillarde,
Tu t'allois par l'Hymen, Daphnis, sacrifier
A ces Folles qui font le Lardon d'un Quartier.
C'est par elles toûjours qu'on apprend dans le monde
Les bons tours qui se font chez la Brune & la Blonde,
Et c'est par leur canal que le Public sçaura
Le produit des Enfans des Vierges d'Opera,

SATIRE III.

Rien n'échape à leur langue , intrigues , broüilleries ,
Avantures de Jeu , de Bain , de Tuilleries ,
Pour un Epoux , enfin rien n'est plus desolant
Que d'avoir en sa femme un Mercure Galant
Qui ne tarit jamais sur tous les Mariages ,
Les Baptêmes , les Morts , les Combats , les Naufrages ;
Mais qui peut concevoir la volubilité ,
Dont chaque évenement par le Sexe est conté ,
Quand sur la moindre affaire une Femme harangue ,
L'Apara ne fait pas plus de feu que sa langue.
   Dieu te preserve encor de ces Objets chagrins,
Qui font un beau matin assigner les Voisins ,
Sous ombre que les Chats bourgeois de leurs goutieres
Ne leur ont pas permis de fermer les paupieres ;
Elles voudroient, Daphnis , par de nouvelles loix
Evincer les Matoux de l'empire des Toits ;
En vain le Commissaire en paroles soûmises ,
Leur dit qu'il faut laisser les Chats dans leurs franchises.
Par une Politique aisée à concevoir ,
Bien-tost leur amour propre en appelle au Miroir.
Voiez , voiez plûtost dit Cloris , en colere,
Si c'est là ma couleur ou mon teint ordinaire ,
Voilà ce que les Chats cette nuit m'ont coûté,
Le crime n'est pas moins que de leze-Beauté ,
Sur un si beau préxtexte elle auroit le courage
De faire decreter contre le Voisinage ,
Ou du moins s'il falloit adherer à ses cris ,
Tous les Chats serviroient de Manchon à Cloris.

SATIRE III.

Il nous revient, Daphnis, une autre Extravagante,
Et c'est ce qu'à Paris l'on nomme une Sçavante
Femme, qui sans relâche en ses moindres discours,
Méne en lesse Patru, Vaugelas & Bouhours ?
Qui de mots singuliers faisant la découverte,
Aux beaux Esprits du Temps tient toûjours Table ouverte.
C'est par son entremise & ses doctes travaux
Qu'on a vû si long-temps regner le mot de Gros,
C'est elle qui prend soin d'élever jusqu'au Trône
Le François retourné du moderne Petrone,
C'est chez elle qu'on fait les Menagiana,
Et tant de Pots pourris terminez en Ana ;
Malheur à tout Mari dont la Femme compose,
On le fait enrager en Vers ainsi qu'en Prose.
Quand Madame traittant quelque Roman nouveau,
Sur le choix d'un Héros s'agite le cerveau,
Pour peu que le Mari se presente en profane
Dans le temps qu'elle ébauche ou Cirus ou Mandane,
On l'entend s'écrier d'une dolente voix :
Je cherchois un Heros, & je trouve un Bourgeois.
Quoy, Monsieur, ferez-vous toûjours des Disparates ?
Que ne m'épargnez-vous vos visites ingrates ;
Dans mon Tome Premier je ne fais que d'entrer,
Et vous vous avisez, Cruel, de vous montrer,
Apprenez de Cirus qu'en galante coûtume,
On ne souffre un Mari qu'au dixiéme Volume,
Voilà combien l'Hymen apprête de chagrins
Aux gens infatuez de quelque Des-jardins.

Mais

SATIRE III.

Mais crois-tu que l'on fasse une meilleure affaire
En chassant aux Ecus d'une laide Heritiere,
Qui pretend qu'un gros bien par Contrat apporté,
Merite les égards qu'on doit à la Beauté.
A force d'étaler son Luxe & sa Dépense,
Elle croit d'un Epoux défier l'indolence,
Et se plaint hautement, lors qu'il ne répond pas
Aux peines qu'elle perd à chercher des appas.
Malheureux, mille fois, le Mari qui se joüe
A cueillir un baiser sur sa gluante joüe,
Ses lévres s'y sentant d'abord enraciner,
Font un ferme propos de n'y plus retourner.

    Comment l'entendent donc nos modernes Coquettes,
Dont tous les agrémens roulent sur leurs Toilettes?
Pensent-elles toujours nous fasciner les yeux?
Quoi, lorsque l'on surprend ces Objets gracieux,
Sur leur Teint rehaussé quelquefois de dix couches,
Opposer à l'instant le contraste des Mouches,
Lors qu'à mainte Philis de qui l'œil l'a blessé,
Un Amant voit le Teint de cent Drogues graissé,
Peut-il bien démêler parmi cet étalage,
Ou si c'est un Ulcere, ou si c'est un Visage?
Il faut voir cependant quelles sont leurs fureurs,
Quand personne ne mord à leurs piéges flatteurs,
Elles ont parcouru cent fois la grande Allée,
Sans qu'aucune Cervelle en ait parû troublée,
On ne s'est point assez recrié sur leur Air,
Ce Duc en les voyant, a fui comme un éclair?

F

C'en eſt aſſez pour dire un Volume d'injures
A celle qui prit ſoin d'ajuſter leurs coëffures ,
Vous verrez qu'elle doit patir de leurs défauts ,
C'eſt elle qui leur fait trouver le nez ſi gros ?
Elles voudroient charger une pauvre Soubrette
D'une faute , Daphnis , que la Nature a faite ,
On luy jette de rage à la teſte ſes Plombs ,
Poudre , Paſte , Pommade , & Pots à Vermillons ,
Mouches , Peignes , Miroirs , Eau de Reine d'Hongrie ,
Enfin de la Beauté toute l'Artillerie.

    Ont-elles dans l'eſprit quelque projet de Bal ,
Ce ſont des mouvemens à qui rien n'eſt égal ,
Chacune a ſes attraits , meſurant ſon courage ,
Pretend de la Carriere emporter l'avantage ,
On tient à cet effet un Conſeil de Beauté ,
Où de donner ſa voix chacun a liberté :
Comme Chef du conſeil , Monſieur l'Abbé Goguette ,
Pour ne point ſe tromper , conſultant ſa Lorgnette ,
Opine le premier d'un ton plein de douceur ,
Qu'il faut charger ſes yeux d'un peu plus de langueur.
Madame Muſcadin coquette du haut ſtile ,
Bannit de la Coëffure un Crochet indocile ,
Enſeigne à gourmander l'Impétuoſité
D'une Gorge qui flotte avec témérité.
Un jeune Senateur , non des moins ridicules ,
Sur le beau tour des bras propoſe ſes ſcrupules ,
Décide ſi la Mouche eſt placée avec art ,
Et s'il ne manque point quelque doze de fard.

SATIRE III.

Pour comble d'agrémens, un fameux petit Maître,
Par son bruit éclatant se fait bien-tost connoître,
Et trouve en opinant de l'œil & de la main
Que la Steinkerque joüe un peu trop sur le Sein.
Enfin l'on prend cent fois l'avis de l'Assistance,
Et sur chaque suffrage on hesite, on balance,
Mais on ne s'en tient pas toûjours à ce Scrutin,
Le fidéle Miroir détermine à la fin,
C'est là qu'on adoucit certains yeux trop farouches,
C'est là qu'on s'étudie à bien poser les Mouches,
C'est là que mainte bouche apprend à peu de frais,
A rire sans commettre en rien ses interests,
C'est là qu'en entassant les Crestes sur les Crestes,
Les Femmes d'apresent échaffaudent leurs testes,
Là sur du-Fil-d'Archal plus d'un Bonnet monté,
Allonge des deux tiers une courte Beauté,
Aussi pour bien juger de la Taille des Belles,
Il faudroit défalquer les secours infidéles.
Qu'on tire des Tours blonds, Fontanges & Patins,
Il faudroit les surprendre au lit tous les matins ;
Car hors de là souvent la moindre Creature
Devient un vrai Colosse en Coëffure & chaussure.
Aprés cela, Daphnis, ne conclurrons-nous pas
Que le Sexe est trompeur du haut jusques en bas.
J'en appelle témoin mainte & mainte Bigote,
Qui de son Directeur fait toute sa Marote,
Qui sous ombre qu'elle est toûjours dans l'Oraison,
Répand sur le Prochain un doucereux poison,

Et menace déja par ses saintes allarmes,
Tout le Calendrier de son Nom & ses Armes.
Entrons dans le Dortoir de la Prude Doris,
Chaque Objet du grand monde y prêche le mépris,
A ses soins scrupuleux pas un endroit n'échape,
Chacun de ses Ecrans represente la Trappe,
Elle ne croiroit pas ses gens de bonnes mœurs,
S'ils n'étoient habillez par les Freres Tailleurs,
A l'entendre parler, c'est une chose infame
Que de voir un grand More aux Trousses d'une Dame.
Elle vient de chasser certain Suisse si gros,
Pour avoir refusé de supprimer ses Crocs,
Et qui pourroit chez elle entrer en concurrence
Avec celuy qu'on voit regler sa Conscience?
N'est-ce pas, n'est-ce pas le Docteur Rubicon,
Qui tient le Gouvernail de toute la maison,
C'est luy qui foudroyant les Excez de la Table,
Ne défend pas pourtant une Chere agréable,
Et décide combien, sans estre criminel,
Un Ragoust peut porter ou de poivre ou de sel,
C'est luy qui d'un Mari trop tendre pour sa Femme,
Retient, de peur d'abus, l'impetueuse flamme
Au moindre mal qui vient troubler son embonpoint,
Tout son pieux Serrail ne dort, ne mange point,
Aussi-tost de voler sirops de Capilaire,
Consommez, Restaurans, Rien ne manque au bon Pere,
Et quelle cruauté de n'oser pas le voir
A chaque heure du jour dans ce charmant Dortoir !

SATIRE III.

Où l'odeur des Parfums chez ces zelez Manœuvres,
Surpasse de beaucoup l'odeur des bonnes Oeuvres.
  Parlerai-je à present de plus d'une Beauté,
Qui veut de l'avenir percer l'Obscurité,
Et qui pour soulager son esprit en détresse,
Court montrer le Pié gauche à la Devineresse.
A voir tant de Porteurs & de Chars se ranger
Autour de la maison que tient la Duverger,
A voir de cent Laquais l'indocile cohorte
Entonner Taupe & Masse à côté de sa porte,
On croiroit tout d'abord que le Logis est fait
Pour tenir les Etats d'un fameux Lansquenet.
Non, non, c'est un endroit où sur la foi des Astres,
La sibile promet Biens, Grandeurs, ou Desastres,
Et pour quelques écus serrez avidement,
Proméne un Curieux par tout le Firmament,
Mainte Femme y fait faire une celeste épreuve,
Pour obtenir bien-tost un doux Brevet de Veuve;
Tandis qu'au même instant un Tendron curieux,
Pour un Brevet d'Epouse importune les Cieux,
*C'est là que fort souvent C*** vient en colere,*
Pour demander raison du Teint frais de son Pere.
Quoi, les Astres n'ont point, pour vanger cet abus,
Ni Fiévre, ni Transport, ni Colera-Morbus ?
A quoi tient-il encor que cette Vieille Fille,
N'aille à Saint Innocent rejoindre sa Famille,
Et ne mette un beau jour ses Neveux indigens,
Pour trois Aix de sapin à l'abri des Sergens ?

SATIRE III.

Voilà, mon cher Daphnis, un leger Catalogue,
De ce qui met si fort les sibiles en vogue,
Mais souvent la maison d'une adroite Jobin
Recele les transports de quelque heureux Blondin,
Qui pendant que la Vieille est au Ciel de la Lune,
Cherche au Ciel de Venus à pousser sa fortune,
Et le Beau Sexe alors docile & complaisant,
Laisse là l'Avenir pour joüir du Present.

   Mais j'entens Juvenal en figures pompeuses
Picquer jusqu'au vif ces Megeres affreuses,
Qui de maint Champignon farcissant des Ragousts,
Se font bien-tost raison d'un incommode Epoux.
Grace au Ciel, s'il nous reste encor des Messalines,
Nôtre siecle à la fin est purgé d'Agrippines.*
Et quel Monstre à LOUIS est en droit d'échaper,
Non, ce n'est plus le temps qu'on se sentoit frapper
D'un Venin trop subtil qui coulant dans les veines,
Faisoit bien-tost vacquer les Fiefs & les Domaines.
Vous pouvez maintenant, Chanoines bien rentez,
Joüer gros Jeu l'Hiver, boire au frais les Estez,
Sans craindre qu'une Niéce, implacable Furie,
Anticipe pour vous la grosse Sonnerie.
Et toy que la Fortune a paitri de ses mains,
Qu'elle a tiré du Corps des La-fleur, des Jasmins,
Toy qu'elle fait tourner fierement sur son Axe,
Florestan, tu n'as plus à craindre qu'une Taxe.

   Pour vous, qui fourageant jadis chez les Maris,
Voulez restituer ce que vous avez pris ;

SATIRE III.

Galans qui vous chargeant d'un Tendron domestique ,
Allez à vos Voisins fournir de la Pratique ,
Loin de vous détourner d'une bonne Action ,
Courage, remplissez vôtre Vocation ,
Mais souvenez-vous bien que la Brune & la Blonde
Noieroient pour Doguin tous les Maris du Monde.

FIN.

EXTRAIT DU PRIVILEGE DU ROY.

PAR Lettres Patentes du Roy, données à Paris le feptié-
me Janvier 1698. Signées, Par le Roy en fon Confeil,
BOUCHER: Il eft permis au Sieur D***** de faire
imprimer, vendre & debiter par tel Libraire qu'il voudra choifir, fes Oeuvres, pendant le temps & efpace de
huit années entieres & confécutives: Avec défenfes à tous
Imprimeurs, Libraires, & autres perfonnes d'imprimer ledit
Livre, enfemble ou féparément pendant ledit temps, fous
les peines portées par lefdites Lettres de Privilege.

*Regiftré fur le Livre de la Communauté des Imprimeurs &
Libraires de Paris le 21. Janvier 1698.*

Signé, P. AUBOUYN, *Syndic.*

Ledit Sieur D***** a cedé fon droit de Privilege à
Charles Ofmont Libraire à Paris, fuivant l'accord fait
entre eux.